KB212225

이 책에 행운을 담아드립니다.

_____ 님께

_____ 드림

시인의 말

   지나간 시간은 아쉬움과 그리움으로 떠 있고 다가오는 시간은 설렘의 향기로 이미 가까이 와 있다. 수없이 이어지는 새로운 날들을 만나고 자연과 계절의 아름다움에 감사하며 산다.

   그 안에서 인연이 된 사람들과 어울리며 살아가는 소중한 순간의 느낌을 글로 담는 작업은 어쩌면 각기 다른 감성을 문자를 물감 삼아 그리는 그림 같다는 생각이 든다.

   생각만으로도 영상이 되는 그리운 것들이 들꽃처럼 피어있는 우리들의 열린 세상. 작은 감동만으로도 충분히 아름다운 시간이 내겐 우연이 아닌 하늘의 고마운 선물임을 늘 잊지 않고 기억하고 싶다.

바다가 보이는 창가에서

강성일

Contents

시인의 말 · 3

제1부 • 내 곁에 머무는 바람

첫사랑 · 10
조약돌 · 12
내 가을의 국화 · 15
먼 산 같은 사람아 · 16
꽃등 · 19
단풍길 · 20
네 생각 · 22
문자 안부 · 24
바람의 노래 · 27
가보고 싶은 길 · 28
가을의 여운 · 31
생각의 자리 · 32
꿈길 · 34
인연 · 36
내 곁에 머무는 바람 · 38
남도 여행 · 40
아름다운 사람 · 43
우리는 보석이다 · 44
잊어버린 길 끝에서 · 46
내 안의 우주 하나 · 49
그리움이 가는 길 · 51

마음 앨범 · 53

나팔꽃 · 54

바람 불어 좋은 곳 · 57

사랑아 사랑아 · 58

제2부 • 그리움이 돌아갈 자리는 있는가

깃발 · 62

종소리 · 64

우리들의 5월 · 66

산새 · 68

청계천 · 70

소나기 · 72

어떤 안부 · 74

팔각정에 올라 · 77

둥지를 떠나는 아들딸에게 · 78

그리움이 돌아갈 자리는 있는가 · 80

친구 나무 · 83

무슨 그림을 그려야 하나 · 84

가을 속 퍼즐 · 86

자와 저울 · 89

헤어져도 같이 있다 · 90

마른 꽃 · 92

까치밥 · 95

고래 한 마리 풀어 놓아라 · 96

Contents

제3부 • 하늘로 보내는 편지

그 사람 • 100

아버지의 계절 • 102

말의 상처 • 104

너를 위한 한 송이 • 106

하늘로 보내는 편지 • 108

길잡이 새 • 111

첫차 • 112

순례자 • 114

5월의 향기 • 116

들꽃의 침묵 • 118

어떤 노인 • 120

가을 연가 • 122

뻐꾸기 • 125

겨울 이야기 • 126

오솔길 • 128

가을 하나 • 130

굴비 • 133

참지 말고 울어라 • 134

혼잣말 • 136

제4부 • 물빛도 말을 한다

어떤 가을날 · 140

돌에도 꽃이 핀다 · 143

오늘의 기도문 · 144

어머니 생각 · 146

물빛도 말을 한다 · 149

꽃으로 남은 사람 · 150

애견과 악사 · 154

능소화 · 157

칠순 잔치 · 158

백조의 호수 · 160

네가 바로 내 봄이다 · 163

오늘 우리 · 164

빈집 · 167

새벽 강 · 168

그럼 됐지요 · 171

풍경소리 · 172

이모 생각 · 175

혼자 떠나는 여행 · 176

어떤 의자 · 179

창문 · 180

귀여운 손자 · 182

늘 기억하게 하소서 · 185

우리는 들꽃 · 186

창문을 열면 불어오는 청보리밭 상큼한
바람처럼 다가오는 잔잔한 선율

스쳐 가는 생각만으로도 가슴 저미는
나만의 갈증, 내 곁에 머무는 포근함은
누가 보낸 바람의 노래입니까?

제1부

내 곁에 머무는 바람

첫사랑

세월 가도 늘 그 모습
추억 속에 여전히 아름다운
내 안에 반짝이는 샛별 하나

지금이라도 부르면
금방 달려올 것 같은
표정만으로도 말이 되는
웃음 가득한 사람

함께 손잡고 걸었던 길
나란히 앉았던 벤치와
그 가을의 은행나무는
둘만의 영원한 계절로 남아

어느날 꿈결 안개 속으로
멀어지는 모습이라도 보이면
사라지는 순간까지 아쉬워
까치발로 손 흔들고 있다

2015년 가을 곤지암 화담숲 연못의 원앙 한 쌍

조약돌

바다는 한숨처럼 파도를 밀어내고
밀려온 모래는 온 길을 되돌아가는데
아직도 자리 잡지 못한
조약돌들이 소리 내며 몰려다닌다

환청처럼 들리는 요란함
내 안의 소리인지 조약돌 소리인지
나를 향해 점점 더 크게 들려오는 소리

너는 언제나 하얀 백사장인데
나만 조약돌처럼 늘 일렁이나 보다

2023년 12월 동해안 삼척 덕산해변 풍경

2020년 가을 발코니 국화 화분

내 가을의 국화

청록빛 닮은 유년기는
벚꽃 스친 봄바람으로 가고
청춘마저 홀연히
여름 소나기로 진 자리

진한 향기로 떠 있는
그리운 것들만
가을 하늘 안에 높은데

아직도 내 안에서
시들지 않는 추억 속
언제나 웃는 모습의 너는

내 인생 가을의
영원한 국화인가

먼 산 같은 사람아

메아리 마중 나와
하루를 기다리다
선홍빛 저녁이 되는
안개를 덮고 사는 먼 산 같은 사람아

하루가 다 가버린
버려진 공간에
안타까운 마음은
아직도 어둠의 창밖을 서성이는데

먼 길 찾아오길 기다린
종소리 울림마저
이름 없는 산기슭 어둠으로 물들어

허공에 가득한 애처로움만
어느새 바람 되어
소리마저 서럽다

2021년 겨울에 그린 수채화 : 멀리 보이는 산봉우리

2017년 봄 도봉산 도선사 초파일 연등 풍경

꽃등

마음속에
빛나는 단어들을 쪽지에 담아

하늘 편지로
꽃등에 단 고운 마음을 본다

나는 누구를 위한
무슨 소망의 단어들을

기도 안에
꽃으로 담아야 하나

단풍길

가을아 함께 걷자
은행나무 길을

너는 바람 데리고 오고
나는 사랑 데리고 갈게

바람이 잎을 떨구면
나는 노란 단풍잎 주워

님의 손바닥 위에
하나씩 올리며 걷자

그 단풍잎 마음에 번져
우리도 물들고
황혼도 물들 때까지

2019년 10월, 가을로 물든 용문사 은행나무

네 생각

내 마음 안엔
생각만으로도 그림이 되는
그런 세상 하나가 있다

너만 떠 올리면
꿈으로 가는 들길과
작은 소리를 내며
개울이 지나가는 풀밭도 있고
그리움이 노을 되는
그런 저녁도 있다

라일락 향기도 따라 피고
오손도손 이야기에
천사도 샘을 내는
네 생각만 하면
고운 하늘이 열리는
그런 세상 하나가 있다

아파트 정원에 있는 늘 하늘만 바라보는 소년상 조각

문자 안부

가깝고 먼 허공을
시간과 장소를 초월하여
보이지 않는 글자들이 날아다닌다

서로 깊은 속내는
그저 짐작만 할 뿐
내색하지 않은 채 문자를 보내며 산다

아름다움도 향기도
다 날아가 버린
마른 꽃 닮은 가슴이 된 것처럼

그립다는 말도 못 한 채
오늘도 우리는 서로
소리 없는 문자 안부만 물으며 산다

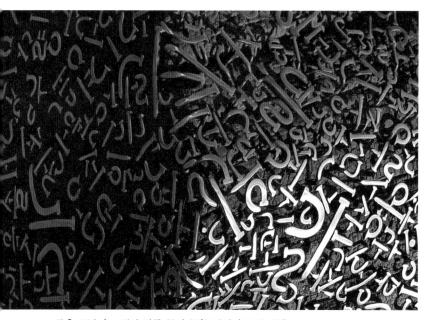

못을 구부리고 깎아 만든 문자 문향 갤러리 조각 작품

가을 바람에 흔들리는 갈대 군락지 2016년 10월

바람의 노래

아지랑이 들판을
사뿐히 넘어와
남모르게 살며시 옷깃 흔들고

꽃밭 속 향기인 듯
가만히 다가오는
들리지 않는 어떤 움직임처럼

아름다운 선율
잔잔한 율동으로
내 곁에 머무는 포근한 당신은

누가 보낸
바람의 노래입니까

가보고 싶은 길

여기서는 보이지 않는
가보지 않은 그 길
혼자 따라가 보고 싶다

예쁜 들꽃 가득하고
해변의 파도 소리 감미로워
오래 걸어도 싫지 않은
그런 길 걷고 싶다

새털구름 풍기는 먼 길 끝에서
눈부시게 아름다운
그런 사람 다가오면

서로가 부끄러워
두 얼굴이 노을 되는
그런 길 걷고 싶다

2015년 케주시 인근 바닷가 산책길 풍경

떨어진 단풍잎들이 가을빛 아래 모여 있다.

가을의 여운

가을에는 하늘의 별들이
내려올 것만 같다

내가 푸르름에 물들도록
가을은 하늘을 열어놓고
내 숨소리를 듣는 듯하다

단풍 들었던
마지막 잎새 떨어지면

그게 누군가의
한숨 같은 그리움이었음을
알게 되려나

생각의 자리

멀리 가도
늘 곁에 있다

그리우면
눈을 감아도 보인다

생각의 자리에
너는 늘
이미 와 있다

2023년 11월 저녁, 인사동 어느 2층 카페 창가 풍경

꿈길

사랑의 마음 안에
온통 별빛 가득하고
들꽃마다 향기 날리던 날

새들은 날개 아래
노래를 날리며 가고
너에게 보내는 편지는
가슴 벅찬 단어들로 가득했다

단풍길 붉은 석양은
꿈속으로 가는 길 물들게 하고
소나기가 지나간 자리에

하늘은
너에게로 가는
고운 무지개 하나를 띄워놓았다

2019년 스페인 여행 시 평야에서 만난 행운의 무지개

인연

우리들의
어떤 우연은 인연이 되고

그 인연이
필연의 운명이 되는 순간

내 안에
눈 부신 빛으로 남아

너를 위해
평생 머무는 등대가 된다

내 곁에 머무는 바람

생각만으로도
행복의 전부가 되는
어떤 한 사람

바람인지 향기인지
내 안에서 감도는
기분 좋은 설레임

그때 모습 그대로
내 곁에 머무는
바람이 되었습니다

남몰래 가슴 저리는
나만의 갈증
아마도 이게
사랑인가 봅니다

2023년 가을, 바람 부는 날 소재로 그린 풍경 수채화

남도 여행

내가 올 때를 기다리다
이제 막 봉우리 연
벚꽃의 환호성이 눈앞에 가득하다

끝없이 이어지는 봄 길 따라
유채꽃과 보리밭
싱그러운 노랑과 연두

점점이 빨간 동백
아롱진 비탈 아래
대숲을 친 해안가 남도마을은

지나가는 나를
빼꼼히 내다보고
나는 마을 안을 들여다본다

꽃길 걸어간 어부의
장화에 묻은 꽃잎들
이른 새벽 바다로 나가
어느새 고깃배를 띄우고

수평선에 닿은
작은 구름 한 점
혼자 멀리 섬처럼 떠 있다

2021년 4월에 그린 사천 비토섬 앞바다 풍경

2021년 7월에 그린 수채화: 여름 모자 쓴 여인

아름다운 사람

아름다운 사람은
사랑의 들판에
그리움의 골이 깊은 사람이다

생각의 자리에
늘 가까이 와 있어

마음속 비워둔 곳 위를 맴돌다
사뿐히 내려앉는
빨간 고추잠자리를 닮은 사람

산길 넘어가는 석양처럼
외로운 뒷모습만 아련하다가도

그립다고 말하면 금방 달려와
어느새 생각의 문을
들어서는 그 사람이다

우리는 보석이다

보고 싶다는
느낌만으로도 행복이다

그립다는
생각만으로도 사랑이다

일렁이는 그리움
파도 하나 담고 사는 삶

누군가가 내 안에 있다는
빛나는 생각만으로도

우리들의 반짝이는 가슴은
이미 보석이다

크리스탈 원앙 한 쌍

잊어버린 길 끝에서

어둠 내리고 바람 부는 날
잊어버린 길 끝에서
홀로 한참을 서성이다
다시 찾아 나서는 곳은 어디인가

돌아가야 할 시간
북극성도 보이지 않는 하늘
이정표 없는 외진 곳
바람마저 요란한 공터에서

다시 향하는 길은
마음의 길 끝 어딘가에
지금도 기다리고 있는
그 사람에게로 가는 외길
오직 그 길 하나뿐이다

2019년 11월 베트남 랑코 비치 해변의 배

2019년 방문한 스페인 바르셀로나 사그라다 파밀리아 성당의 천장 모습,
그 안에도 우주가 있는 듯하다.

내 안의 우주 하나

누군가를 생각한다는 것은
참으로 아름다운 일이다

마음 안에 담아둘
향기 나는 사람이 있다는 것은
하늘이 내린 축복이다

좋은 인연을
곱게 가꾸어 가는 날들이
우리 삶 속에 있다는 것은

은하수 별빛 가득한
찬란한 우주 하나를
내 안에 들여놓는 것이다

2022년 겨울, 오스트리아 볼프강 호수
위를 달리는 배 위에서

그리움이 가는 길

산다는 것은 어쩌면
바램의 허상 같은 것을
마음속 깊은 곳에 담아두고
그리움이 가는 길을
따라가는 여정인지도 몰라

지도 위에 없는 먼 길을
끝이 어딘지도 모르면서
남이 보면 아는 것처럼

세월 따라 묵묵히
마냥 외로움 벗 삼아
그 길 걸어가는 것인지도 몰라

아무 말도 못 한 채
혼자만의 길을 걸어가는
운명의 순례자처럼

2023년 겨울 종로구 인사동 쇼윈도에서 본 로마의 휴일 영화
스페인 광장 아래 장면 사진과 오래된 영사기 모습

마음 앨범

생각 속 펼쳐지는 어릴 적 기억
친구들과 딱지놀이
구슬치기 고무줄놀이에
흙먼지 날리던 우리들의 골목길

봄의 새순 같은 싱그러운 기억들
마음 앨범 상자 안에
보물처럼 거기 다 있어
지금은 어디에서 어떻게들 사는지

빛바랜 흑백 사진도
눈 감으면 영상이 되고
기억 속 녹슨 옛것도
열어보면 빛이 난다.

나팔꽃

지금의 순간이
시든 꽃잎 보내는
마지막 밤이라면 너는 어찌하겠니

영영 떨구려 하는 스산함
바람 앞에 서는 네가
그 꽃이라면 어찌하겠니

아쉬움만 남기고 가는 짧은 세월
별빛마저 서러운
이별 앞에 서는 나팔꽃이 너라면

풀벌레 소리
그 울림마저 슬픈 영혼
하고 싶은 말도 못 한 채
향기마저 다하고 돌아서는
순간의 꽃이 너라면 어찌하겠니

2020년 여름, 성북구 정릉 어느 집 울타리에 핀 나팔꽃

2022년에 그린 강원도 바람의 언덕 풍경 수채화

바람 불어 좋은 곳

오늘도 억새는
바람을 기다리고
그걸 아는 바람은
흔들림 사이로 간다

바람 불어 좋은 곳으로
기억하고 싶은 이곳에
억새 곁에 노는
바람의 모습이 정겨워

오늘따라 생각나는
아름다운 이를
바람 노는 내 곁으로
초대하고 싶다

사랑아 사랑아

빛으로 날아와
내 가슴에 섬광 남기고
바람처럼 흩어지는 당신은 누구십니까

물빛 맑은 고드름 새순 닮은 찬 가슴에
불현듯 다가와 화롯불 온기 남긴 채 가고

봄 길 꽃내음 내린 얼굴에
분홍빛 화사하게 물들라치면
꽃잎으로 날아가는 당신은 누구십니까

쏟아지는 별빛 담아
은하수에 종이배 띄우려 하면
구름 되어 그 빛 가리고

빛인가 향기인가 나타났다 사라지며
머물다 흩어지는 그 여운의 갈증
당신은 누구십니까

2023년 2월 고성 향해 걷던 길 동해안 해변에서 만난 사랑의 열쇠

그리운 것들만 가을 하늘에 높이 떠 있다.
점점 어두워지는 거리에 사람들은 하나둘
집으로 돌아가는데 내 안에 그리움은
어디로 가야 하나

제2부

그리움이 돌아갈 자리는 있는가

깃발

바람은 깃발을 흔들고
깃발은 허공을 흔들어
또 바람을 만들고 있다

살면서 세상 풍파에
무수히 흔들리는 우리
바람은 왜 그리도 끝없이
우리를 흔들어 대는 것일까

나를 흔드는 게
바람인가 싶더니
어느새 내가 나를 흔들고 있다

푸른 하늘에 치솟은 깃발의 흔들림을 사진에 담다.

종소리

멀리서 날아온 소리
나를 찾아온 종소리
참는 만큼 커지는 울림
아플수록 멀리 가는
네가 나에게 보내는 소리

허공을 헤쳐가는
길 없는 하늘 길
깊은 계곡 산맥 돌아
여기까지 오느라
너 얼마나 힘들었니

아플수록 커지는 울림의 종소리

우리들의 5월

새싹들이 환호하는
아침만으로도 축복이다

얇은 망사 연두
녹음을 걸친
봄 처녀의 속살 같은 사월은

바람에 꽃비 날리고
산맥을 두른 짙은 초록으로
5월 맞을 채비를 한다

수줍음이 가득한 연두를 넘어
마음에 생동의 초록을 여는
우리도 빛나는 5월이 되자

2023년 봄에 그린 아침고요 수목원 교회 풍경 수채화

산새

어느 날 내게
눈을 맞춘 산새가 있어
다시 그 산에 오른다

마주 본 순간 내 손에 날아와
초롱초롱 보내는
눈의 언어가 얼마나 눈부신지

그 침묵의 언어가
얼마나 아름다운지
어느새 마음은 새가 되고
내민 손은 작은 가지가 된다

2019년 봄 남한산성 산책길, 산새도 알아보는 착한 사람

청계천

물소리
바람 소리
돌다리만으로도
아름다운 풍경

수초 사이 피라미
빛고운 청둥오리
휴식 위를 흐르는 물살

걸어도 좋고
달려도 좋고
바라만 보아도 좋다

2019년 5월, 봄비 내린 다음 날 청개천 풍경

소나기

햇살 흩어지는 새벽의 고요함이
오래 갈 줄 알았습니다
하얀 구름이 겁먹은 듯 어두워짐이
잠시 인 줄 알았습니다

후드득후드득 떨어지는 물방울은
시원한 감로수 같았습니다
구름 사이 섬광 터지는 굉음에
동공은 이미 굳어 있었습니다

먹구름 이고 온 물동이에
감추어진 하늘의 아픔이
그리도 큰 줄은 몰랐습니다

누군가의 가슴에 드리운 슬픔이
천둥 번개 치는 하늘을 닮을까
겁이 납니다

2020년 7월, 소나기 들이치던 날 유리창에 빗방울

어떤 안부

마음을 대신하는
글을 보냅니다

때로는 궁금하고
가끔은 보고 싶어
글을 보냅니다

잘 있다면서
환하게 웃는 듯
보낸 답장을 봅니다

그 글 뒤로
달빛에 서러운
슬픈 눈물방울이
자꾸만 보입니다

2019년 10월에 그린 펜드로잉, 유리잔 속 슬픔 같은 물빛

2023년 7월에 그린 충북 영동 월류봉 풍경 수채화

팔각정에 올라

절벽 위에 한 폭 그림
누가 세운 팔각정인가
태고 드리운 바람
신선 구름 위로 날고

수십 길 절벽 아래
옛 선비의 싯귀
푸른 강물로 흐르는
발아래 한 폭 수묵화

춤사위 버선발 끝에
풍류 머물던 팔각정 마루
탈색된 세월 앞에
아직도 윤이 난다

둥지를 떠나는 아들딸에게

햇살 고운 연둣빛 신록 아래
꽃 같은 신부를 만나 웃음 가득한
너의 모습을 보는 것만으로도 행복하구나
걸음마를 시작으로 한 너의 홀로서기가
우리들의 아이에서 부부이자
부모로 사는 그 길 앞에 서는구나

돌이켜보면 우리네 삶은
빛과 어둠을 닮았는지도 몰라
살다 보면 빛 가운데 있기도 하고
또 어둠을 만나기도 하지

세상에는 빛을 만나
보석처럼 반짝이는 것도 있고
어둠 속에서 별처럼 빛나는 것도 있다
빛 앞에서 교만하지 말고
어둠 속에서 좌절하지 말아라

빛이 늘 있는 것도 아니지만
어둠이 있다고 한들 세상에는
사랑의 빛을 이기는 어떤 어둠도 없단다

서로에게 힘이 되는 사랑으로 더욱 빛날
미래의 희망이 될 싱그러운 너희들이
너무나 자랑스럽다

둥지를 떠난다고 아쉬워 말고 새로 꾸미는
보금자리에서 사랑 가득 행복하여라
사랑한다 아들아
사랑한다 내 딸아

그리움이 돌아갈 자리는 있는가

사랑 가득한 사람의 밤은
어둠 깊을수록 더 아름답다

별빛 아래 사람들은
하나둘 집으로 돌아가는데

그리움은 수줍은 듯
어둠으로 얼굴 가리고

아직도 어딘가에서
홀로 서성이며
돌아갈 곳을 찾고 있다

그리움이
돌아갈 자리는 있는가

2018년 10월 서울 세검정 인근 석파정의 가을 벤치

2023년 겨울에 그린 설경 수채화

친구 나무

함께 한 자리에 서 있는 나무
같은 봄을 보내고 낙엽을 떨구며
하늘 가득 내리는 눈을 맞았다

피해 가지 못하는
폭풍우 몰아치던 밤
소리로만 울 때도 함께 있었다

꽃과 열매도 같았고
매미의 합창을 함께 들었으며
지는 석양도 같이 보았다

어둠 타고 내려온 별빛이
새벽이면 하늘로 올라간 자리마다
새들의 노래 가득했고

반짝이는 잎새 흔들림으로
서로에게 사랑의 바람을 보내며
같은 공간에 늘 함께 있어
마주 보는 것만으로도 행복이었다

무슨 그림을 그려야 하나

쫓아가기 바빴던 세월
모래성처럼 쌓아온 욕망의 탑
세상은 유혹의 파도 소리 요란하다

갈등의 순간 선택의 귀로에서
혼자 춥고 힘들었던 날들과
검정 닮은 그늘마저 싫었던 지난날

계절 가는 줄도 모르고
걸어온 외길에 어느새 붉어진 단풍
앞으로 몇 번이나
이 아름다운 가을을 만날 수 있을까

어제보다 더 소중한 내일
이제는 무엇을 위해 살아야 하나
인생 도화지 앞에 붓을 든 지금
나는 또 무슨 그림을 그려야 하나

2023년 10월 취미 활동의 장, 영화랑 수채화 교실 풍경

가을 속 퍼즐

낙엽 흩어진 산길
고요한 상수리나무 숲에
도토리 한 알 떨어지는 소리
사색의 고요를 깨고
어디론가 가버린 가을 한 조각

옛 생각도 추억도
모두 다 기억 속에 있는데
언젠가 그리움 떨구고
너만 가버린 내 안의 한 조각처럼
마음 저편으로 떨어지는 소리

생각 속 추억 퍼즐 빈자리에
공허함만 남기고 간 그 한 조각을
이 가을 나는
어디에서 또 찾아야 하나

2020년 가을, 도봉산 길에서 만난 낙엽의 군상

사람 위를 걷는 사람들의 모습이 돋보이는 조각상

자와 저울

내 마음속 보이지 않는 곳에
자와 저울이 있다

세상을 살면서 계산의
눈금을 확인하는 버릇이 생겨

길이와 무게를 재고
사람이 눈금의 대상이 되는
그런 날들이 많아

남이 알면 어쩌나 하면서도
마음속 깊숙이 감추고 사는

눈금마저 희미해져
이제는 버려야 할
낡은 자와 저울이 있다

헤어져도 같이 있다

그리움은 이미
만남의 시작이다

어느 누구도
대신 할 수 없는

꿈만으로도 달콤한
둘만의 세계

우리는 헤어져도
마음은 늘 같이 있다

하나로는 존재의 의미가 없는 것

마른 꽃

바람에 향기 풀며
들에 혼자 피던 꽃
서리 맞고 시들어
고개 숙인 서러운 꽃

척박한 땅을 베고
아무렇게나 흩어져 있어
잔가지 꽃대 상할라
조심스레 가져온 꽃

등불에 단장하고
사랑으로 물들어
이제는 창가에서
예쁜 그림자로 살며시
홀로 다시 피는 꽃

2019년 10월에 그린 꽃병과 그림자 수채화

2019년 11월 고창 여행 시 만난 시골 마을 감나무 풍경

까치밥

찬바람으로 녹슨 잎새 위에
하얀 서리 내리고
파란 하늘 휑한 가지에
점점이 붉게 매달린 홍시

촌부는 울타리 감나무에
까치밥을 남기는데
가을로 물드는
가슴의 가지 끝에
우리는 무엇을 남겨야 하나

고래 한 마리 풀어 놓아라

마음속 푸른 바다에
고래 한 마리 풀어 놓아라

가슴 답답할 때 솟아오르고
침묵하고 싶을 때 마냥 고요한
그런 고래 한 마리 풀어 놓아라

멍든 파도 높은 세상
부딪히는 것들 앞에 용감하고
어두운 밤 폭풍우도 두렵지 않은

외로울 때 부르면 금방 달려오고
마음속에 늘 내 편이 되는
그런 고래 한 마리 풀어 놓아라

2012년 2월, 미국 캘리포니아 페블비치 상징 소나무와 태평양 바다 풍경

언제나 웃고 있는 당신의 여운은
늘 곁에 있는데 당신은 지금
어느 길 위에서 혼자 서성이시나요?

무심한 세월 속 함께했던
우리들의 봄은 이제 오지 않아도
당신의 빈자리는 아직 꽃 속에 있습니다.

제3부

하늘로 보내는 편지

그 사람

마음속 누군가가
향기로 남아있음을
알기까지는 참으로
오랜 세월이 걸렸다

얼굴로 이름으로
가끔은 목소리로
내 안에 남아있는
생각의 터에

사철 지지 않는
치자꽃 닮은 향기
아직도 머물고 있는
은은한 바람

2023년 10월 바람 불던 날 케주 에코랜드 풍경

아버지의 계절

세월 가도 아직 기억 속에 남아있는
아버지의 계절은 칼바람 불고
눈보라 치는 손 시린 계절이다

해가 짧아지고 밤이 긴 추운 날
아버지는 새벽어둠 속을 나가
고개 숙이며 세상으로 들어가셨고

낡은 자전거 타고
저녁 어스름 뚝방길 따라
집에 오신 어떤 날은
온몸에 눈을 덮고 들어오셨다

아버지의 얼굴은 호롱불 그림자처럼
흔들리는 어둠이 드리워져 있었고
말수 적은 입술은 많은 시간
침묵으로 닫혀있었다

아버지의 금 간 구두는 시련의 세월 앞에
헤지고 닳아 늘 발이 시려 보였고
간호사로 서독에 가는 딸이 떠나기 전날

서리 내리는 마당에서 남몰래 눈물로 밤을 새셨다

마루에 앉아 가슴 펴고 헛기침이라도 할 때면
찬 공기 속 골진 이마로 퍼지는 허기진 입김에
귀밑머리가 유난히 더 희어 보였고

가슴 시린 겨울로 가득 찬
아버지의 가슴은 언제나 그렇게
찬 것들로 꽁꽁 얼어 있었다

2024년 12월에 그린 『겨울 산 물소리』 풍경 수채화

말의 상처

그땐 내가 왜 그랬는지 몰라
잘 가라고 한 말이
마지막 인사가 되어
그리도 큰 상처가 될 줄은 몰랐어

헤어짐과 다시 만남의 반복
평범한 날들 같았던 그날이
이제는 기억해야 할 순간으로
찾고 싶은 추억이 된 지금

다시 만난다 해도
또 다른 상처가 될까 봐
한 마디가 조심스러워
침묵이 말보다 먼저인 체로
아무 말 없이 그냥 웃을 지도 몰라

공중에 매달린 돌, 그 가운데 공간,
빛과 어둠의 조화로 완성된 갤러리 조각상

너를 위한 한 송이

향기 가득한
꽃밭에 서면
나도 꽃이 되고 싶다

네가 좋아하는 계절에
색깔과 향기를 품고
한 송이로 홀로 피어나

꽃잎이 열리면
그 향기에 젖어
지그시 눈 감게 하는

세상에 하나뿐인
너를 위한 한 송이
그런 꽃이고 싶다

너는 누구에게 보이기 위한 꽃인가?

하늘로 보내는 편지

그대 내게 오지 않아도
나는 늘 그대 곁에 있습니다

그대 나를 생각하지 않아도
내 안에는 하늘 가득 당신입니다

언제나 웃고 있는
당신의 여운은 늘 곁에 있는데
지금 어느 길 위에서
혼자 서성이시나요

무심한 세월 속 함께했던
우리들의 봄은 이제 오지 않아도
당신의 빈자리는
아직 꽃 속에 있습니다

당신이 머무는
천사들의 정원에도 봄은 오나요
오늘도 날아와 당신을 찾고 있는
새소리 들리시나요

당신 앞에 그립다 말하면
울음이 될까 봐
나는 오늘
아무 말도 하지 않으렵니다

2017년 11월 연못 속 단풍과 그림자

2015년 10월 경남 사천 바닷가 노을 풍경

길잡이 새

무리의 끝은
점선 되어 따라오고
쫓아오는 어둠에
날개는 더 고단하다

길잡이 새
표식 없는 하늘 길을
주저함도 두려움도 없이
맨 앞에 선 채로 간다

지도 없는 그 먼 길
허공을 바꾸며 쉼 없이 간다
이고 진 것 없이 맨몸으로
가슴을 비우고 간다

첫차

식구들은 잠들어 있는 시간
아직은 춥고 어두운
새벽길을 혼자 나선다

놓치면 큰일날 듯
총총걸음에 숨이 찬 채로
새벽을 여는 첫차에 오른다

하루를 시작한 사람들이
온기 있는 도시락 가방을
자식처럼 안고 존다

공허함 앞에 고개 숙인 사람들
세상에 낮아질 대로 낮아진
누군가의 아버지와 어머니

슬픔과 아픔을
삶의 어딘가에 파스처럼 붙인 채
고된 길이라도 나서는 아침이
그래도 고마운 사람들

몇 마디 말을 나누면
한숨과 눈물이 말보다 먼저인
순한 사람들을 태운 첫차는
새벽의 언덕길을 소리가 희망인 듯
굉음에 연기를 내며 오른다

어둠의 동굴을 지나가는 마을버스:포토샵으로 완성

순례자

굴러가는 실타래처럼
이어지는 숙명의 길 따라
고행과 번뇌의 등짐 지고
어딘지도 모르는 먼 길을 간다

마음속 종탑을 돌아 나오는
울림 같은 무언의 기도는
욕심 가득 찬 단어들의 바람 소리

바램의 끝은 어디인지 보이지 않는
먼 산 같은 무언가를 찾아 나서
길 위에 인고의 땀 떨구며 간다

비탈진 고뇌의 언덕을 넘어
여기가 어디쯤일지 짐작만 할 뿐
석양 아래 긴 그림자 달고
오늘도 나그네 먼 길을 간다

2022년 12월, 찬 바람 부는 을왕리 해수욕장, 왜 쳐 사람은 하필 내가 오는
이때를 기다려 맨발로 해변을 걷는 것일까? 가슴이 시리다.

5월의 향기

5월이 좋은 것은
꽃이 있기 때문이요
꽃이 좋은 것은
그 향기 때문이라

비탈길 아카시아
산들바람 타고 내린
꽃그늘이 좋구나

내 안에서 빛나는
웃음 띤 그 모습처럼
바람 되어 내 앞에 선
5월이 좋은 것은

연민의 그리움이
향기 내기 때문이라

5월 가는 꽃길의 끝
저만치 보이는데

아쉬움은 욕심이지
떠나는 게 그뿐이랴

가거라
5월아
그 향기 따라 가마

등나무 꽃 그늘 아래서

들꽃의 침묵

일 년을 기다려
어둠 스러지는 돌 틈에서
피었다 지는 들꽃은 말이 없다

꽃망울 피울 즈음
퍼붓는 소낙비에도
왜 하필 이때냐며 불평하지 않는다

온몸으로 뿜어내는 향기마저
흙탕물이 휩쓸고 가도
아무 말이 없다

시든 꽃잎 떨어져
길 위에 지는 시간
새벽안개 그 길을 덮어도
속 눈썹 가득 이슬 눈물
머금은 채 말이 없다

지는 들꽃의 생이
다 이렇게 슬픈 것이냐고 물어도
별빛 아래 침묵할 뿐
아무런 말이 없다

어떤 노인

싼 가격의 메뉴를 골라
식당 구석진 자리에서
혼자 외롭고 쓸쓸했던 사람

기다리던 버스라도 놓칠세라
먼 길을 곧 떠날 사람처럼
조바심 가득한 여유 없던 사람

신발은 낡고 그림자 드리운
한숨에 등이 휘어져 허기진 사람

흙 묻은 손으로
이마의 땀을 닦으며 웃던
지문마저 희미하고
항상 말이 적었던 사람

명절이면 언제 올지도 모르는
도시의 자식들을 기다리며
마당에서 먼 산만 바라보다
지금은 하늘이 된 사람

올림픽 공원 평화의 문 아래, 꺼지지 않는 불

가을 연가

고요한 산책길
달빛이 비워둔 공간
석양에 물든 언덕
보실보실 강아지풀
바람 뒤로 숨으며 놀고 있다

가을빛으로 물드는
혼자의 저녁 산책길
같이 가는 사람도
뒤에 오는 사람도
아무도 없는데

따라오는 느낌
가을밤 억새 스치는 소리
잔잔한 울림 풀벌레 소리
내 안 가득 퍼지는
그리움의 가을 연가

2017년 10월 펜드로잉 수채화: 가을로 가는 길

2019년 중국 천문산에서 내려다본 계곡과 숲 풍경

뻐꾸기

숲의 전설인가
뻐꾸기 소리
가까운 듯 다가오다
다시 멀어져

새는 숨고
산자락 골 따라
애잔함만 남아

흩어지는 구름 사이
산야를 날아
아카시아 향기 타고
십 리를 간다

겨울 이야기

우리의 겨울 안엔 무엇이 있는가
호호 불던 손발 시림과
문풍지를 흔들던 황소바람 소리

어둠의 골목을 돌아 나오는
찹쌀떡 장사의 애잔한 음성과
눈꽃 핀 창문 두드리던
크리스마스 캐럴이 있다

한파가 처마 끝에 매달고 간
고드름의 눈물방울 안에도
햇살의 겨울꽃은 눈부심으로 피고

아랫목 이불 속 어딘가에
아버지를 기다리던 놋그릇의 온기도
아직은 내 겨울 안에 있다

한밤중 연탄을 갈러 나가시던
어머니의 머리에 두른
낡은 수건 한 장에도
겨울 냄새가 난다

군고구마 속살 같은 따스함도
살얼음 언 동치미 항아리도
옹기종기 내 겨울 안에
모두 다 모여있다

2024년 12월에 그린 농촌 마을 설경 수채화

오솔길

양옆으론 소나무
그 가운데 바람길

솔잎 덮인 그늘 따라
걸음마저 포근해

섬돌처럼 놓인 추억
기억 따라 걷다 보면

어느새 솔 향기에
비처럼 젖어

태고의 이끼 같은
자연이 된다

2022년 가을 충남 태안군 삼봉해수욕장 오솔길 풍경

가을 하나

가을 담쟁이덩굴이
벽에 빨간 수를 놓으며

무심한 벽을
물들이나 싶더니
어느새 나를 보고 있다

내 맘속 공허한 벽으로
담쟁이가 오르려나 보다
물드는 담쟁이 잎에서
가을 냄새가 난다

자연은 내 안에도
물감 같은 가을 하나를
들여놓으려나 보다

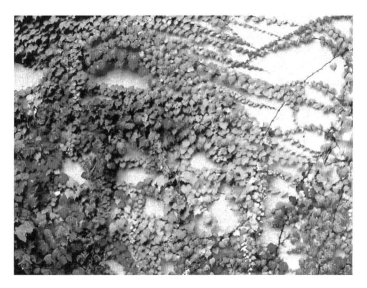

2016년 가을, 계절을 타고 오르는 담쟁이덩굴

굴비

거친 파도 헤쳐 나간 지느러미
세월의 결 따라 서해 물색이 들고
수많은 태풍 속 큰 고기 떼 피해 가며
이리저리 도망치듯 살아온 세월

만선을 꿈꾸던 어부가 던진
그물에 그만 걸리고 말아
햇볕에 빨래처럼 널려
깡마른 육신 새끼줄에 엮이고

비늘 떨군 채 불판에 올라
젓가락 놀림에 이리저리
흔적마저 흩어져 가시만 남는
서럽디서러운 이름이여

2023년 12월 동해안 장호항 해변 풍경

133

참지 말고 울어라

침묵이
인내인 줄 알았습니다
참고 사는 것이 언제나
능사인 줄 알았습니다

힘들 때 힘들다고
자신에게 솔직하게
말하지 못했습니다

이제는 말하고 싶습니다
울고 싶으면
참지 말고 울라고

그리고 다시 일어서라며
그것도 용기라고
이제는 큰 소리로
말하고 싶습니다

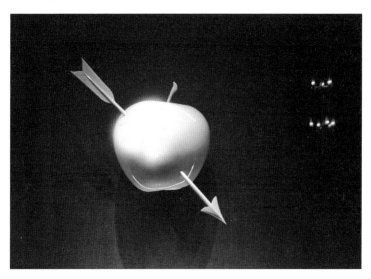

태국 방콕에서 본 화살 맞은 사과의 아픔 조각 작품

혼잣말

갖고 싶고
되고 싶어라
입고 싶고
먹고 싶어라

부질없다 싶지마는
희망인지 욕망인지
내 안에 떠도는
수많은 생각들

그저 아담하고
아주 작은 것으로
올해가 가기 전에
쓸만한 도깨비방망이 하나
장만해야 할까 보다

2023년 12월에 방문한 동해안 삼척 바닷가

아름다운 자연 속에 산다는 것은 행복이다.
차로 스쳐 지나가다 잠시 들린 어느 호수에
일렁이던 햇살과 눈빛 마주치는 순간,

물 위에 떠 있는 점들이 멀리서 반짝이며 내게
말을 걸어온다. 눈으로 보고 가슴으로 듣는다.
물빛도 말을 한다

제4부

물빛도 말을 한다

어떤 가을날

우리는 과거를 이야기하며
유난히도 푸른 하늘 함께 웃던
가을의 어떤 날을 기억한다

단풍잎 바람 따라 날리던 그곳
노랑의 풍년 고목 은행나무 돌며
무언가를 이야기하다가
아이들처럼 환하게 둘이 웃던 날

세월 지난 지금도
생각나는 그 은행나무는
그날 그대로의 모습으로

생각 속 언제나 변하지 않는
우리들만의 가을인 채로
추억의 공간 안에 늘 그렇게 서 있다

2023년 10월, 수락산 자락 파크프리베 카페 은행나무
고목 아래 벤치와 가을 풍경

2009년 철원 고석정 바위 틈새에 핀 위대한 생명력

돌에도 꽃이 핀다

한 줌 흙도 없는
바위 틈새 뿌리내려
햇볕에 시들지 않고
나 홀로 피는 꽃

바람 부딪히는
깎아 세운 바위 비탈
일부러 심기도 어려운 그곳에서
꽃은 말하고 있다

난 괜찮다고

예쁨 이전에
물도 흙도 없는 곳에서
긴 세월 내내
너 혼자 거기 있다는 생각에
가슴이 뭉클해진다

오늘의 기도문

비바람 천둥 번개
지나온 날들
넘어지고 다시 일어나
여기까지 온 것에
감사하게 하소서

특별하진 않더라도
내 가는 곳마다
함께하는 이마다
기쁨 되고 행복 되게 하시고

내가 필요할 때
그들에게 선물 되게 하시며
함께 가는 그 길이
축복의 통로 되게 하시어

내일 아침 맞을 때
좋은 날로 기억되게 하시고
미래 안에 내 생애
최고의 날 있게 하시어

오늘도 하늘 은총
이어가게 하소서

2019년 방문한 성모 마리아 발현지(1917)
포르투갈 파티마 대성당

어머니 생각

깊고 푸른 것은
바다뿐인가
높고 푸른 것은
하늘뿐인가

생각할수록 더 깊어지고
그리울수록 높아지는
그런 한 사람

주고도 더 주고 싶어
무언가를 아직도
하늘에서 찾고 있는

눈물의 연못을 가진
가슴 속에 사무친
그런 한 사람

곱게 놓은 수를 보면 오래컨 어머니의 수놓으시던 모습이 생각난다.

반짝이는 물빛이 내게 말을 걸어오는 듯하다.

물빛도 말을 한다

호수에 일렁이던 햇살
눈빛 마주치는 순간
물 위에 떠 있는 점들이
멀리서 반짝이며 내게 속삭인다

공간을 가로지르는
아름다운 빛의 영혼
수줍게 출렁이다가
내게 윙크하는 순간 걸음 멈추고

빛의 낙엽처럼
금빛으로 물든 석양
물속 별이 되는 고운 빛의 속삭임

눈으로 보고 가슴으로 듣는다
물빛도 말을 한다

꽃으로 남은 사람

하늘이 당신을 부른지
세월의 강은 또 한해가 흘렀습니다
탄식도 설움도 의미 없는 기다림이
되어 버린 시간 앞에 슬픔의 눈물도 말랐습니다

우리는 보내지 않았는데
가버린 당신이 머무는 하늘나라는 어떻습니까
마주할 당신이 없는 자리 앞에는
공허함과 임의 향기만이 가득합니다

정성으로 심으셨던 나무마다
탐스럽게 열리는 세상의 열매를 보면
아직도 흙손으로 땀 닦던 그 모습 보는 듯합니다

우리에게 남기고 간 추억들 속에는
임에게로 가는 길이 그리움의 골따라
가슴마다 남아 있습니다

지금도 우리는 힘들 때마다
다시 딛고 일어서시던
그 모습 닮게 해 달라고 기도합니다

우리들의 간절한 기도의 음성을
당신은 들으시나요
우리가 기억하는 한
임은 항상 우리 곁에 있습니다.

홀연히 가신 봄은 우리에게
임의 영원한 계절이 되었습니다
당신이 오르신 하늘을 보며 봄의 정원에
꽃을 찾아 내리는 나비를 기다립니다
나비의 모습에서라도 당신을 다시 찾고 싶습니다

비바람에 이름마저 탈색된
나이 든 비석들을 보며
그 시대를 살던 사람들이
아무도 없는 지금 겸허한 마음으로
영원한 만남의 의미를 생각해 봅니다

언젠가 맞을 숙명의 시간이 두렵지 않은 것은
우리가 가야 할 하늘나라에 당신이 있어
낯설지 않기 때문인지도 모릅니다

지금도 생각 속에서 늘 만나는 사람이여
다시 불러보고 싶은 이름이여
가슴마다 꽃으로 피어있는 사람이여

사랑합니다
행복하소서

접시꽃을 보면 하늘나라로 가신 분들이 생각난다.

애견과 악사

찬 바람 부는 어느 겨울날
시린 손으로 악기를 연주하는
길거리 외국인 악사의 모습

주인 곁에 앉은 애견
멀리 고국을 떠나와
때로는 배고픈 운명의 공동체

음악이 무르익는 거리로
하나둘 모여드는 사람들

애견과 악사가 나누는
애잔한 교감의 눈빛
세상의 어떤 빛이 저 공간에
저 눈빛보다 더 아름다울까

2021년 겨울, 인사동에서 본 애견과 악사의 눈빛

땅에 떨어져 두 번 피는 꽃 능소화

능소화

담쟁이 덩굴 사이
태양 품은 능소화

풍경처럼 흔들리며
바람에 노나 싶더니
어느새 한낮 소나기
후드득 털고 간 자리

땅에 내려 다시 핀 꽃
주단 길 깔아 놓고
그리로 오라 하네

실 줄 같은 고요
정적 따라 사뿐사뿐
그 꽃길 걸어오라 하네

칠순 잔치

낙엽도 곱게 물들면
지는 꽃보다 아름답다는 어느새 칠순

꿈속의 고향집은 늘 그대로인데
어릴 적 친구 두고 온 형제자매
그리운 사람들은 왜 다 멀리 있는지

찬 바람 부는 추운 겨울
어둠을 깨운 당신의 새벽이 늘 무거웠던 것도
어깨에 짊어진 숙명 때문이었나요

외로워서 더 슬프고
깊어지는 생각들로 힘겨웠던 날들
자신을 토닥이며 남몰래 닦아 내린
눈물도 많았던 세월
오래된 것들은 정겹고
곁에 두고 싶은 것들은 너무나 많아

이제는 자신에게
인색하지 말라고 말하고 싶어요

흑백 사진 속 청년 그대로의 열정으로
일곱 개 촛불 앞에 선 모습이 자랑스럽습니다

당신의 눈부신 삶 속에 곱게 물든
단풍의 아름다움이 여기 다 있어
우리는 모두 인생 가을 앞에 더욱 행복합니다
축하드립니다
새로 피어나는 아름다운 칠순을

2022년 10월 선운사 가을 최고의 단풍

백조의 호수

멀어지는
뻐꾸기 소리에
그리움이 흔들리고

산허리를 돌아
만개한 금계국이
천상의 꽃처럼 아름답다

호수에 빠진
날개옷 같은 山 그림자
심연에 닿을 듯 고요하고

지난 밤 이 호수에
별 내린 줄 모르는
도도한 백조의 발놀림에
잉크색 하늘이 호수 아래 녹는다

잔물결 오선지 위로
천사의 합창 같은
산새 소리 내릴 때

태양 타는 6월의 호숫가
산비탈 푸르름이
도공이 막 구워낸
청잣빛보다 곱구나

2023년 태국 보난자 cc 호수에서 만난 백조

햇살 눈 부신 2019년 봄 산수유: 한국의 집 정원에서

네가 바로 내 봄이다

멀리 떠나간 너도
아지랑이 꽃바람 타고
다가오는 봄의 모습으로
저 언덕 넘어오려나

외로움의 찬바람 끝 가지에
묵은 정 품고 있던 그리움
꽃망울 간지러움 타나 싶더니

봄바람으로 다가와
내 안에서 산수유 꽃순으로
어느새 움트는
네가 바로 내 봄이다

오늘 우리

내게
오늘이 있어 좋다

함께 할
네가 있어 좋다

서로 마주 보고
웃을 수 있어 참 좋다

우리 서로
늘 이랬으면 좋겠다

2024년 10월 홍천 수타사 계곡에 나들이 나온 어떤 부부

2024년 5월 강원도 농가를 그린 펜드로잉 수채화

빈집

논두렁 드러누운 비탈 위에
바람만 사는 텅 빈 초가집
일그러진 문틀에 구멍 난 창호지
녹슨 문고리 흔들림만 요란하다

어미 소 따라 송아지 오르내린
굳은살 박인 황톳길도 빗물에 씻겨
골진 상처 위로 잡초만 무성하고

송아지의 존재만으로도
한때 정겨웠던 외양간은
여물통마저 사라진 공허한 공간

소도 사람도 없는 지금
옛날의 그 소 방울 소리
빈집 어딘가에서 허상처럼
바람 속에 흔들리고 있다

새벽 강

눈 덮인 산 능선 사이
골짜기 타고 내린 고요함
긴 강 따라 흐르고

고라니 발자국 이어진
태고의 설국 같은
새벽길을 나서면

지붕에 눈을 덮고
연기 날리는 산촌 외딴집
감나무 가지 위엔
잠 깬 까치들의 아침 인사

물가에 홀로 백로
물속 제 그림자 위에 서 있고
먼 길 가는 겨울새 한 쌍
아침 푸른 새벽 강을
건너고 있다

2017년 12월, 겨울 강가 홀로 백로

2023년 가을, 길상사 낙수 풍경

그럼 됐지요

나는 지금 행복한가
자신에게 물어보세요

걷고
말하고
듣고
먹고 지내는 데 무슨 문제 있나요

오늘 아침 깨어나
부활 체험하셨나요

누군가 떠 오르는
그런 사람 있나요

그럼 됐지요
세상 뭐 있나요

풍경소리

산속 오래된 법당 처마 끝
하늘에 매달린 물고기 한 마리
오늘도 파도 타듯
헤엄치며 맑은 소리를 낸다

허공에 바람 스치는
깊은 푸르름 속으로
멀리멀리 헤엄쳐 가고 싶어

작은 물고기 한 마리가
울림의 동그라미 그리며
자꾸자꾸 신호를 보내고 있다

내일쯤 풍경 속 저 물고기
창공의 푸른 바다로
보내줘야 할까 보다

허공에 매달린 물고기 한 마리, 바람에 풍경 소리 내다.

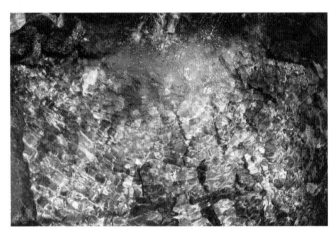

옥천군 동이면 조령리 새재 마을 옹달샘 닮은 물빛

이모 생각

물레방아 돌던 금강 강가 산촌
댕기 머리한 시골 처녀 뱃사공
환한 미소로 배를 저어가고

꿩 소리에 이슬 젖은 아침
늦여름 골안개 자욱한 밭고랑
풀숲에 떨어져 숨은 홍시
열심히 주워주던 시골 처녀

계단 없는 흙길을 내려와
옹달샘 맑은 기운 물동이에 담아
따바리 머리 위로 올리고
긴 비탈 오르던 꽃띠 소녀
세월의 강 건너가는 늙은 내 이모

혼자 떠나는 여행

열심히 살아온
힘든 내 영혼에게 이제는
위로와 안식을 주고 싶다

추억의 여운으로 남아있는
아름다운 기억 속 얼굴들
여행길 어딘가에서
우연히 만나고 싶고

가끔은 돌아오지 않는
소중한 순간들을 떠올리며
행복한 그때의 시간과
마주하고 싶다

낯선 도시 낯선 거리를 걸으며
스쳐 지나가는 모르는 사람들 속에
내 모습을 비춰 보기도 하고

때로는 아무도 없는 철 지난 해변에서
석양 녘 커피 향 닮은 사색 안에
혼자인 나로 잠시 머물고 싶다

2008년 6월 어느 날 오후 체코 프라하에서

2017년 5월 발코니 아래 초록 필드와 그린이 내려다 보이는
사천컨트리클럽 2층 CEO 직무실에서

어떤 의자

우리들은 출세가
대단한 것인 줄 알았다

그런데 알고 보니
누군가가 앉았던 자리에
잠시 앉았다가
그다음 사람에게 자리를 내어주고
다시 일어서는 것이었다

사람들은 잠시 앉았다 떠날
그 자리에 목말라하고 있다니
허탈한 생각이 든다

지금도 그대로 있는 그 자리
주인만 바꾸는 그 의자가
사람보다 더 대단해 보인다

창문

초저녁 별빛이
내려오는 시간이면
별들의 이름을 불러보는 곳

누군가 보고 싶을 때
가슴으로 다가가
나만의 우주를 올려다보는 곳

자유로운 영혼 닮은 산들바람
아득히 먼 길 떠날 때
손 흔들어 보내는 곳

집 나간 그리움이
돌아오길 애태우며
먼 산 보고 기다리다
살며시 다가가 기대서는 곳

2019년 가을, 서울 시립미술관 창문 야경

귀여운 손자

나를 닮은 얼굴
하늘이 내게 주신
세상 가장 큰 선물

함께 산책하던 날
손자는 뒷짐 짓고 걷는
내 모습을 따라 한다

벌거벗은 몸 가리며
창피한 줄도 알고
혼자된 어린 고양이
불쌍한 줄도 아는 꼬마

할아버지!
나 노래도 잘하는데?
제 자랑도 할 줄 아는
세 살짜리 퍼즐의 천재

오늘도 동심의 세계
경찰차 구급차 소리 흉내 내며
자동차 장난감 좋아하는
우리들의 귀여운 복덩이

뒷짐 지고 걷는 할아버지 모습 따라 하는 손자

어느 목사님의 애장품: 유럽에서 산 십자가 작품

늘 기억하게 하소서

내 안에 빛이 되는 분이시어
오늘도 햇살 넘치는
창가로 다가가게 하시고

내 안에 소리 되는 분이시어
새벽을 깨우는
아름다운 새소리 듣게 하시며

일상의 작은 감동도
늘 기쁨으로 느끼게 하시어
감사와 사랑 넘치는 삶의 순간
이어지는 오늘과 내일이

우연이 아닌
당신의 고마운 선물임을
늘 잊지 않고 기억하게 하소서

우리는 들꽃

우리는 소리 없이
피었다 지는 들꽃인지도 몰라
멀리서 보면 초원
가까이서 보면 잡초밭에 생겨나

바람에 흔들리고
사선으로 때리고 가는
여름 소나기에 쓰러지며
햇빛 나면 다시 고개 드는 들꽃

벌 나비도 찾아오지 않는
황량한 들판에서
혼자 피는 외로움과
세월의 아픔 담고 살다가

어느 날 민들레 홀씨처럼
바람 타고 허공 날아 올라
어디로 가는 줄도 모르고 가는
그런 슬픈 들꽃인지도 몰라

2023년 5월, 서해랑길 격포항으로 가던 길가에서 만난 들꽃

먼 산 같은 사람아

초판 1쇄   2025년 3월 31일

지은이   강성일
발행인   김재홍
교정/교열   김혜린
디자인   박효은
마케팅   이연실

발행처   도서출판지식공감
브랜드   문학공감
등록번호   제2019-000164호
주소   서울특별시 영등포구 경인로82길 3-4 센터플러스 1117호{문래동1가}
전화   02-3141-2700
팩스   02-322-3089
홈페이지   www.bookdaum.com
이메일   jisikwon@daum.net

가격   15,000원
ISBN   979-11-5622-924-7   03810

© 강성일 2025, Printed in South Korea.
– 이 책은 저작권법에 따라 보호받는 저작물이므로 무단전재와 무단복제를 금지하며,
  이 책 내용의 전부 또는 일부를 이용하려면 반드시 저작권자와 도서출판지식공감의
  서면 동의를 받아야 합니다.
– 파본이나 잘못된 책은 구입처에서 교환해 드립니다.